JN072684

鬼は来る

千石英世

七月堂

目次

Ⅰ

Ⅱ

鬼は来る

I

ひかりの尾

台東区上野桜木（たいとうく　うえの　さくらぎ）

汚れたゴルフボールが
庭のすみへ転がってゆくのだが
絡み合ったトカゲの死闘であった

白い腹と腹が激しく息づいて
（あの腹の奥に心臓がある）
赤い口を大きく開けて
たがいに

相手を噛もうとするが噛めないままで
死闘は刹那のうちに終わった

二匹は
もとのトカゲにもどり
死ぬこともなく
どうやら傷つくこともなく
なにもなかったように
初夏のひかりのなかを
草のかげに
消えていった

トカゲの尾は細長く　末は細糸のようで
すっと切れ長で

でも　どこにも届かない長さで
だから　幸せそうで

でも
あれは長すぎ
ちぎってあげよう

それが別のいのちのように
地面の上で
ぴくぴく跳ねまわるのを知っているのは

おなじひかりのなかで
おなじいのちに生かされて
別の

地面の下へ
しずかに消えてゆくものたちだけなのだ

旧庭の教え

西宮苦楽園（にしのみや　くらくえん）

大きな靴に
小さな足をしのばせて
庭を歩く
やわらかなつま先が靴のなかをまさぐって
かたい拳になってゆく

靴のなかがすべる
つま先が

小さな風を追い
ひるがえる
小さな足
驚愕の真昼となったのだ

苔の緑が美しい庭だった
大きな靴は人を不幸にするのか

小さな靴に
ガラスの色を塗る
塗り絵のなかの小さな靴だった
きのう見た絵本では肌色だった
あした見る絵本では
そこは真っ赤に焼けた鉄になる

靴が人を不幸にするのか
いったいわたしは何足の靴を履きつぶして
わたしを脱ぎ捨ててきたのか

履かなかったスニーカーがある
だから靴ズレ姉妹と付き合うことになったのか
買わなかったエナメル靴がある
だから義母の外反母趾を慰めることになったのか

仏足石という冷たい大きな足にさわったことがある
そこにはホトケの目が深々と刻印されていて
その奥は水でぬれていた

植木屋の地下足袋が流れるように走る美しい庭だった
ふかい苔の緑のなかに
靴が倒れている
眠りの終わりを夢みるように
翳りはじめた真昼の奥に

切り株スタンプ

沖縄首里（おきなわ　しゅり）

切る手がこれを意味するのが不思議だ
切られた手があれを意味するのも不思議だ
stamp は切り株だから
切手は
英語で stamp だから

右手首と左腕をつなぐ
左手首と右腕をつなぐ

両手と両腕が帰って来る

わたしは
英語教師です

英語のしゃべれない英語教師ですが、何か？
教室で帰国子女に可愛いがられていますが、何か？

英語教師が
死んだ父に手紙を書く
メールは使えない　ラインも使えない
手紙だ
手を紙にする
手を届ける

手書きにするかパソコンにするか考える
パソコンなら「英語レターの書き方」で
末尾にサインする　自署だ
同じフォントのニホン字を打ち込んだのでは
自署にならない　ここは手書きだ

それを
ニホン字でするか？
英字でするか？
いつも　迷う

迷うかな？
ニホン語で横書きの手紙を書いて　最後

英字でサインするかな？
おまえのとーさん、日本人だろ？

死人ですが、何か？
英会話を独学していたひとですが、何か？

わたしはパスポートの自署は英語の筆記体でする
なぜだろう？　ニホン字でもカン字でもいいというのに
英語の筆記体が英語の翼にみえるからだろうか

いまの中高生は教室で筆記体は習わない
かれらに筆記体は書けるだろうか

それは独学するだろう

翼を求める心があるなら
無垢な心があるのだから

老いた息子が
死人にむかって
手紙を投函している
切手がいっぱい貼られた分厚い手紙だ
両腕でポストの口に押し込んでいる

父よ
切られたわたしの手を受け取ってください

プリズムのガラリ

日光華厳（にっこう　けごん）

I

滝壺ネイチャーランドから
だらだら坂にもどり
帰りの駅を目指す
ガードレール越しに渓流の流れを追いながら
下り坂をたどる

2

しぶきのなかに
もう昼のひかりは見えない
遅い午後となったのだ

それでも
たっぷりとした水量は
大きなうねりとなって沈むように流れてゆく
木々の緑が深々と風に揺れて

あと1・5キロです
の標識をすぎるあたり

キャラバンシューズの青少年の一団が
ごろりごろりと靴底を引きずるようにして
ぼくを追い越してゆく
なぜかリュックではなく
みな肩から帆布のショルダーバックをぶらさげて
みななぜかかなり猫背で

ぼくはてぶらでひとりだ
ジーンズにスニーカーで軽装だ
直立で二足歩行だ

視線を下げて
灌木の根方を透かし見る
崖下に

駅舎の鉛色の屋根が垣間見えてくる

3

道がコンクリの階段にかわった

一段降りるごとに
駅舎の屋根が
足もとで
メタリックな斜面となって拡がる

また一段降りれば
斜面は
深い傾斜で片流れに流れて大屋根となる

さらにもう一段降りれば
大屋根はぼくの眼前で全面メタルの全壁面となった

視野を失う
メタルに視線がこまかく屈折して
視界にしぶきがはしる

ぼくはもうその場に立ちつくし
遅い午後の空を見上げるほかなかった
空の奥が空の奥に沈んでゆく

4

もう

許してください
ぼくが
咽喉仏を返しますから

5

塔のようなものが立っている
見上げれば
大屋根のメタル壁面に沿い上がるようにして
立っている
時計塔ではない　時計がついていない
ＣＤケースを積み上げたようなすらりとした躯体で
大きさは電話ボックスほどの垂直体である

滝の道を登りはじめたときには気づかなかった
給水塔でもない
逆Ｌ字の配管がついていない

6

コンクリの階段を降り
駅舎の裏へまわった
視線を修復する
通風のための塔であるらしい

メタルの大屋根のあんなところに塔が立っている
積み上げられたＣＤケースのように

プリズム色に光って
電話ボックスほどのタテヨコタカサの
躯体をあらわにして

遠い昔　ここで
このメタルの壁面をしぶきをあげて駆けあがり
滝の上に立ち
濡れた靴のまま
滝の空へと吸い込まれていった垂直があったのだ

四面にプリズム色のガラリを嵌めて
すらりとした躯体が立っている

7

風は
ガラリからガラリへと
そよそよと吹きわたり
躯体のなかはがらんどうで
ひとひとりなら立ち居できそうな高さと広さである

8

あのなかに住むことはできないか
ガラリのなかに住めないか
あそこから滝の空に向かって手を振ることはできないか
あのすらりとした電話ボックスのなかに住み
あのプリズムのなかに立ち

立ちつくし　手を振っていたい
振りつづけていたい

9

あのなかでハトを飼うのだ
あそこでハトと一緒に寝起きして
朝ごとに
ハトの群れをいまは見えない滝の空に飛ばすのだ
群れは
こんな遅い午後、空が日暮れへと傾斜してゆくころ
このプリズムの塔を目指して
遠い空からもどってくる
あとの水やりは欠かせない

そして水のあと
塔のなかは狭いから
毎夜ぼくは立ったまま眠るのだ
昔のあの夜
どこか知らない街にたどりつき
電話ボックスのなかで立ったまま眠ったように

10

足もとでハトたちはもうすやすやと眠りはじめた

11

ぼくは誰にも迷惑をかけずに老人になったのだ

自注――ガラリは百葉箱などに使われる通風用壁材。電話ボックスは単体で独立する屋根付き極小構造物、ドアを開けると立位の成人人体ひとつがおさまる。眼前に有料電話が設置されていて、ワンコインでだれかと通話ができる。

II

鎮魂歌２０２２

千代田区千代田一番一号（ちよだく　ちよだ　いちばん　いちごう）

（一）翁

去夏葉月朔日琵琶湖畔某児童公園近傍での
「児相案件」報道に接し、急遽、
近江幻住庵をリモートにて訪問し、詠える

それではオレ、今からエアー・ギター弾きます、そして詠います
湖畔にて、というタイトルで、クルナ Covid-19 の時節柄声に出すのは控えます、

〽のスタンザは、キホン　声なしで、では演奏します
オレ？　お前さまがた兄妹のエアー・ジジーです、自称
まぼろし住みの翁です、ではいきます

〽オーミノミ、今日はなぜか夕波千鳥が哭きまする
Jungle
Jungle

〽オーミノミ、心もシノに涙に濡れてイニシエすらも哭きまする
Jungle
Jungle
シトドに哭きまする
Jungle

シトドシトドに哭きまする　ジャングルまでも哭きまする Jungle

Jungle Gym yo！
Jungle Jim yo！
〽オーミノミ、Jungle Jim も Jungle Gym も yoo！
オレらのヴォキャブュラリーでは Jim も Gym もジムにジム yoo！

Gym は風の塔 Jingle！
Jim は風の子 Jingle！

オーミノミ、　おおおー、　オーミノミ、　おおおー、

風走るエアー・サイコロの底を這いエアー・フレームを攀じ登り
おお！　僕は、　おお　空を抱きしめた！

おお！　僕の妹は、おお　湖を抱きしめた！

〽いまはもうキューブでシュールでナイーブに空っぽ
骰子の塔
空っぽのくせして立方体なのだ　空っぽのくせして十字架だらけだ
上からみても下からみても磔刑のダンジョン　風吹き抜ける

湖や湖面割れてゆらめきあがる夏木立

〽おおおー、オーミノミ、おおおー、
ジャングル住みのジムよ、少年よ、妹よ、
こちら、エアー・ジジー、まぼろし住みの翁です　応答せよ　応答せよ

応えてよ　その声で　声のまぼろしで　このまぼろしに

〽

アチメ　オ々オ々　オ々オ々　オ々オ々　オ々オ々

（二）アイ

以下は、本作に散見される古語、隠語、造語、廃語、流行語、専門用語、引照等への自注である。また、作品背景についても自注する。

右、「翁」への自注

幻住庵　松尾芭蕉晩年の仮住まい跡。滋賀県大津市国分。

去夏葉月朔日　二〇二一年八月一日。

某児童公園　右幻住庵より徒歩圏に所在。

報道　のちに大津女児傷害致死事件と称される一連の報道。メディア各社の報道によれば、二〇二一年八月一日朝、右児童公園近隣の住宅で玄関チャイムが鳴り、応対に出たところ、一人の少年（当時17歳）が立っていた。聞けば、妹が公園のジャングルジムから転落して様子がおかしい、助けてほしいとのこと。直ちに救急車が呼ばれ、妹（当時6

歳）は搬送されたが、搬送先病院で死亡が確認された。この後、妹の身体に不審な傷跡が見いだされたことから、事案は警察所管となり、以後、事案は意想外の展開を示し、事件となる。ジャングルジムからの転落は兄の偽証と判明。さらに明らかとなったことは、妹と兄は長きにわたりネグレクト情況の家庭環境にあって、家の中では兄ひとりが妹の面倒を見ていた。この日々に兄はいらだちをつのらせ、やがて妹に手をあげる場面が増えてゆく。この日の一〇日ほど前からそれは強度を増し、この日ついに妹は動かぬ姿となる。朝、動かぬ妹を抱きかかえるようにして兄は家を出、右公園を目指した。そしてジャングルジムのかたわらに、妹を置き、近隣の玄関チャイムを押したのである。偽証判明後、逮捕拘置された兄はその後家庭裁判所の審理を受けるのだが、家裁の裁定は、加害者少年においてもその不全なる養育過程を考慮せざるをえぬとし、検察送致ではなく、少年院保護の結論となった。以上は、本注釈者が各メディア報道をまとめたものであり、文責は本注釈者にある。右につづく続報、また右に先立つ予兆的「児相案件」についてはこの時期の各紙誌の記事に譲る。事件を捉えるまなざしに温度ある鋭さを示した報道として、「文春オンライン記事二〇二二年三月七日、一七日号」「中日新聞記事二〇二二年三月二七日号」がある。

エア・ギター

ロック・ミュージックなどの音律に合わせて架空でギターをかき鳴らすこと。air guitar。わが国では二〇〇〇年代から流行し、コンクールが催されるなどしている。

オーミノミ

柿本人麻呂の万葉歌「近江のみ夕波千鳥ながなけば心もしのにいにしえおもほゆ」による。

Jungle 及び Jingle

前者は野外における児童むけ遊具ジャングルジムの原語 jungle gym

による。後者は英語の名詞また動詞で、鈴や鍵束などがリンリン、ジャラジャラなる音、また、そう鳴らすこと。

夏木立

右幻住庵における松尾芭蕉の記録『幻住庵記』に見える芭蕉の句、「先ず頼む椎の木もあり夏木立」による。

yo 及び yoo

英語ヒップホップ歌謡に多用される呪文、意味は文脈により多様で不定とされるが、元の意味はともに、やあ、君たち！ You all！ とのこと。

アチメ

日本古代歌謡における鎮魂の呪文、意味不詳とのこと。「年中行事秘抄」による。引用「々」のしるしは国会図書館蔵同書電子書籍原文による。

作品背景

本作は現実に起こった事件に触発されて書かれたものであり、事件当事者並びに関係者への言及に関しては慎重を期し、とりわけ、事件当事者の人格とその尊厳の護持に関しては細心の配慮をはらうよう心掛けた。そのためにも、事件の遠い背景として濃淡さまざまに関わると想像される文化的連接、また歴史的連関についてここに自注を施す。事件はこうした連接と連関の深奥で起こったとの思い止みがたく。また、深奥の奥の奥には注釈者自身の過去も閉塞されているとの思いも絶ちがたく。すなわち本作における鎮魂は、残された生命の更新を祈念するの意を含むものである。自注するに際し、ウェブ上の情報を参照したが、URLは略した。

左、「夢幻」への予注

作品背景

本作も同事件に触発されて書かれたものである。鎮魂の所作は、それが共同体の共同幻想の所作と照応するときにその役割を果す。ここに反歌が要請されると考える所以である。世の現実の重さにこうべを垂れ、ひそかにひとり口舌を私情で濡らすものとして受け入れざるをえぬ要請であろう。お前は何者かという問いのことである。応えの一部として以下に自注を施し、わが現実四周に揺曳するとおぼしい歴史文化的共同幻想との接続を試みる。

焼き印

説経節「さんせう太夫」より。ただし、説経節の人物は兄妹ではなく姉弟。

湖

映画「山椒大夫」(溝口健二監督)より。ただし、映画では湖ではなく海。

疫病鎮静

事件の翌日2021年8月2日、新型コロナウイルス対策の緊急事態宣言は、東京、沖縄、埼玉、千葉、神奈川、大阪へと拡大される。前々日におけるコロナ死者累計、日本15177人。世界およそ4000000人。

目に

谷崎潤一郎の小説「春琴抄」に接続。ただし、小説では、人物は兄妹ではなく、女性主人と男性従者。

土壌除染

事件の翌月2021年9月15日、茨城県美浦村村議会は、ADRで示された和解案11万円を受け入れる方針を議決。美浦村は、人件費等2635万円の賠償金をADRに請求していた。ADRとは、Alternative Dispute Resolution の略で、裁判外紛争解決手続と日本語に訳され、裁判によらない紛争解決方法を広く指す。ここでは原子力損害賠償紛争解決センターのことを指すと推測される。文部科学省研究開発局原子力損害賠償紛争和解仲介室に所在。「茨城新聞」２０２１年9月16日号による。

風の道
記紀万葉時代以前の地政学的概念、地図上に伊勢と近江を結ぶ直線。

オイディプース
ギリシア悲劇「オイディプース王」より。ただし、ギリシア悲劇における父殺し、母子相姦のテーマは本作ではスルーしている。ただ一点、遺棄された子供というテーマにおいて本作は悲劇「オイディプース王」に接続する。

くるぶし
古代ギリシア語でオイディプースの名は踝の腫れた者の意がある。

妻妹

本フレーズにより、兄妹の間に性的な関連が暗示されるものではない。本作におけると、また、現実事案におけるとにかかわらず、兄と妹のあいだに性的な関連は暗示されない。ただ一点、兄が親代わりに幼い妹を世話していたということ、当初、親密に世話をしていたということ、そのことから、本作では、兄にとって妹は妻的存在でありえたと、その深層心理を推し量り、本フレーズでそれを提示する。一般に、男子にとって、妹ないし姉は、幼少年期においてすでに、深層心理において、また、ときに現実場面においてその存在が妻的オーラを帯びる、とは北米の作家ハーマン・メルヴィルの小説『ピエールあるいは曖昧』（1852年）の深説するところである。ただし、小説では、兄妹は姉弟で、かつ母と息子、両人が互いを、姉よ、弟よと呼び合う親密な関係が遂行される。母は40歳代後半、息子は19歳。母の夫、すなわち息子ピエールの父は故人という設定。

風壇　ジャングルジムの比喩表現。ただし一般通有のものではない。

父と母　報道によれば兄妹は異父きょうだいであり、兄は幼児のころより、妹は乳児のころより、それぞれ別の施設で養育を受けており、この年4月、初めて母（当時41歳）のもとにかえされ、同居し、3人の家族となった。しかし、母は外泊がちで、家を空けること多く、実際はこのとき初対面の兄妹の2人家族となった。

なおもって及びいわんや　唯円「歎異抄」より。

火垂る　野坂昭如の小説「火垂るの墓」に接続。ただし、小説では兄妹の年齢は14歳と4歳。

西　浄土系諸宗派の説く浄土の在所。

本注釈への自注

アイ　能楽用語、二場物の能において前ジテの退場後、後ジテの登場までの間をつなぐ役またその演技のこと。間狂言（あいきょうげん）とも。

（三）夢幻

――反歌として――

口に
焼き印を押す

くちびるが青みを帯びて澄みわたる
湖があらわれる
中世日本のならわし
私刑の一種にすぎない
流言蜚語の徒よ、震えよ、
これは今の世の口の掟
いま、わたくしの口は震える口

湖が燃え上がっているぞと呼ばわり、叫んで、
じつは、
未明　庭で朝顔鉢が火を噴いたにすぎない
疫病鎮静の儀式は終わっていたのだ

目に

細糸を通す
右の瞳孔にふかく一本
左の虹彩にすばやく二本
きよらかな手で
針穴にきよらかな手を通すように
異象幻視の徒よ、怯えよ、
これも私刑の一種にすぎない
近世日本のならわし
これは今の世の目の掟
いま、わたくしの目は怯える目

空が燃え上がっているぞと呼ばわり、叫んで、
じつは、
夜明け　猫が二本足で踊り始めたにすぎない

土壌除染の祈願は終わっていたのだ

耳を
棒で押す
左耳から右へ鉄製の棒で
右耳から左へ銅製の棒で
水平に
風の道に
出会うまで

愛染無法のははたちよ、ちちたちよ、
耳をさすっておののけ
これも私刑の一種にすぎない
近代日本のならわし

これが今の世の耳の掟
いま、わたくしの右耳は押されてでてくる左耳

不可逆の磁力が肌身をめぐりはじめたとささやき
不可触の気流が身肌をあらいはじめたとつぶやく
だが、そのときは真昼、
肉二柱がシーツの上で肉の息をしていたにすぎない

目覚めれば　真昼の果て
斎戒断食による告解の節会は終わっていたのだ
犠牲のくるぶしはひび割れていたのだ

王よ、オイディプースよ、くるぶしひび割れし者よ、
妹の亡骸を妻のごとくに抱き運びたる少年王よ、

風の道に捨てられし孤児王よ、
次の世の烈王たるべき若王よ、
供養の風壇に亡き妻妹を置き、
父と母の名を呼ばわれ、叫べ、
空へ、湖へ、

しらず、しらず、われわがははをしらず、
しらず、しらず、われわがちちをしらず、
なおもって、われだれであるかを、
いわんや、わが抱く妻妹を、
ましてや、そらみずうみを、
わがまなかいにあふれでる闇のうれしさ、

だが

かすかに寄せてはかえす未生の時の音楽
くるぶしを濡らしささやくに
西へ、
と、

西は右？
左が西か？
凪は止む
今は夜か？

今は凪のとき　たそがれのとき　啼く鳥のとき

そう　そこを右へ　そう
つぎを左へ　そう

濡れた石垣を指さきにうすくたどって
そう　そのまま
坂を下ればもと来た風の道に出ますから
そしたら大きな湖に出ますから
足もとに気を付けておゆきなさい
そしたら大きな空の下に出ますから
そしたらもう夜だから
裳すそに火垂るが飛び交う夜だから
そのまま夜空の中をおゆきなさい
夜の奥が西だから

空耳と無口

日暮里西日暮里（にっぽり　にしにっぽり）

Ⅰ　神爪

耳鼻の町をたずねる旅に出た
マイクロバスの旅である
午前八時半　妹の公民館前を発ち
男里に寄り
祝園でトイレ休憩をとる
昼食は吐前で　焼売をいただく

道のりちぐはぐながら
午後三時半　つつがなく神爪の道から耳鼻に入る

2 結界

読めない地名は
地図上に探し出せない
それは道切りの〆なわなのだ
結界
そこからそれはひらかれ
そこからそれはとじられる

3 白砂

耳鼻の町はにびとよみ丹後の国は与謝の郡にあるという
妹の町はそのままいもうとで琵琶湖の湖畔にあるという
男里はおのさととよみ和泉の国の南の果てに
祝園はほうぞので山城国の山すそに
吐前の町はばんさきとよみ紀ノ国和歌山布施屋のとなり
神爪はかづめとよみ播州高砂小さな里で尾上の青松白砂遠からず

4 吊皮

子供の頃　叔母をたずねて　ひとりで　初めて
東京の町を訪れた
(子供心にも長旅だった——小三だった)
耳に真新しい地名がいくつもあった
おかちまちと聞いたとき

御菓子町と聞こえて
声に出してよろこびはしゃいだ
出迎えの叔母と二人並んで席に座ったヤマテ線でのことだ
そいつぁー聞きまちがえだろっとかるく指摘され
顔が真っ赤になった
声は叔母の声ではなく
吊皮を掴んでいる知らない男の人だった
YG帽の知らない声の人だった

5 発音

叔母は
そうね、お菓子のまちだったらよかったのにね　残念ね
と、そんな感じで慰めてくれた

（マサヨ叔母さんという名の叔母だった）
だのにそれでも日暮里は発音できなかったのだ
読めないのではなく
読むには読めた、というのも
事前にマサヨ叔母さんが小声で読んでくれていたのだ
つぎは　にっぽり　つぎは　にっぽり　と　二度も
歌うように
それでもそれを発音できなかった
ほほと首すじが熱くなっていた
子供心に駅ネタはもう懲り懲りということだったのだろう
今も日暮里の字を見ると心に重くかたい影がさす

6　夕闇

シャクジイは書けない
今も書けない
書けない地名は
行こうとして
行けなかった土地だ
地図のなかでも指でたどりつけなかった土地だ
記憶のなかで夕闇の奥に沈んでいったいくつもの地名
もうどれひとつ思い出せない　思い出さない　思い出したくない

7 国境

誰か教えてほしい
シャクジイはどこにあるのか
北インドだという人がある

南ナリマスの南、北タガラの北、
波打つように丘陵がつづく国境地帯だという
しかも、地名ではなくそれは人名だという
そこへ行けばその名の人がたくさんいるというのだ
そこでは男はみな不死の人だという

8 移民

子供の足で旅に出て　東京の叔母のもとに度々遊び　18歳以後は
千葉市川に下宿、東京へ通学、次には東京に通勤、そんな身の上だ
そこで職をみつけそこで定年まで働いたということだ
それは移民みたいなものなのだ
移民の身には２０２１年の新宿だって見知らぬ土地である
かぐらがしから　じゅうにそう　つのはずへ　移民の身で

訪ねて行けるわけがない　先住の人に字に書いてもらい
地図で調べてでなければ無理だ　だが先住の人であっても
字に書ける人は少ないだろう　それに字に書いてもらっても
訪ねてみても　用向きをたしたらくるりと帰ってくるだろう

9 誰何

２０２１年、ＴＶはコロナと血洗島でもちきりだが
ＴＶモニターの前の私は幸いコロナを免れ
感染者数と死者数の数字を数字としてじっと見つめている
血洗島もＴＶの中の奇妙な地名だと思って見つめている
ＴＶの前以外のどこにも私はいない
リモコンでモニターを消す
モニターのつるつるした画面の中から人を見つめている人がいる

私を探しているのだ

10 老衰

私はマサヨ叔母さんが好きだった
マサヨ叔母さんは三年前オーメの施設でなくなった
92歳だった　老衰だった
２０１９年秋、コロナの来る前のことだった
叔母さんはマサヨ叔母さんという名の叔母さんだった
母方の叔母だった　一生独身だった
私を探す人よ
探すなら私ではなくマサヨ叔母さんを探してほしい

鬼は来る

鬼はどこに来るだろう　どこから来るだろう
きみの家に来るだろう
家の裏に来るだろう
駅の裏から自転車に乗って来るだろう

鬼はいつ来るだろう
一時間半後には来るだろう
家の台所口から

あがって来るだろう

足の裏がきたないから
靴は脱がないようにしますよといいながら
土足であがりがまちに立つだろう

鬼はなにしに来るだろう
きみの妹を苦しめに
きみの弟を苦しめに
それがきみを苦しめることになるから
きみを苦しめに

鬼はなぜ来るだろう
きみを苦しめたいから

きみの妹を苦しめたい
きみを苦しめたいから
きみの弟を苦しめたい

なぜ
きみたち兄妹弟を苦しめたいのか　鬼は？
を
訊いているのだが
なにが目的なのか　なにが原因なのか？
を
訊いているのだが

それが鬼だからか？
そ

う
そ
れが
怖い
か
らさ

鬼は
ネクタイしてスーツ着て
緑の子供自転車にまたがって
アスファルトの地面を蹴って
駅の裏から来るだろう
家の裏に来るだろう

鬼は来る
きたら
帰らないだろう

アゾフの空

ドンバス聖母都市（どんばす　まりうぽり）

北緯47度05分東経37度32分／子供地下広場
　ノ思イ
出
ガナに
もナ
イ
ノだ
まるで

空を見上げた経験がないようなのだ
この私は

見上げても　見上げても
空はなかった
ただの上だった

上なら　下から見たら
穴だった
ピンクの渦巻きが通り抜けていった跡・穴だった

ピンクの渦巻き　上へ抜け　海へ
弧を描いて
水平線へ

また描いて　陸へ　地平線へ　また描いて
上へ
麦畑の上へ　下で　麦の穂　逆毛立つ

渦巻き　逆毛にひるみ　風に舞う
裏返り　パラソルになる　そのまま
街の広場に舞い降りる

コンクリの地下まですべり降りてゆく
地下に子供はいなかった
地底にすべり降りてゆく　地底に底はなかった

底のない地底なら
パラソル　そのまま　地球の裏まですべり抜けてゆく

北緯35度26分東経138度39分／富士逆逆士富

ノ
思
い
出
ガ

大きく傾いて
空の上の空の上へ倒れていくところでした

倒れても　倒れても　まだ傾いて空の底は
夜明けのピンクがひろがる湖面の上　はるかな上
鏡の中の水の上でした

湖面が斜面に割礼されて吃驚（ビックリ）したのはわたしです
まだ子供の湖でした
ピンクに染まった水鳥の群れが一斉に
飛び立ったのです

濡れたつばさでわたしのほほを撫で　変顔はそこまで！
まだ逃げないの？
ほら、下からのドローンよ！
ほれ、上からパラソル！
とつばさをフリフリ
汚れた国境めざして去っていくのでした

あの時
富士山が二つに割れて

割れ目で
ピンクに染まっていく子供のわたしを
見ていても
黙ってしまっていたのは
大人のわたしです

運河の夜
淀川区加島一丁目（よどがわく　かしま　いっちょうめ）

I

旧一級国道の夜は
はるか遠くまでひかりがダマになり
ダマが渋滞になり
にじんだひかりの運河になって動かない
運河にかかる橋の上は夜の匂いがくさかった
ひかるものとくさいものは可逆するのだ

歴史に書かれていたとおりだ

2

くささの匂いのなかをわたくしどもは生きのびてきた
戦後改革のひかりが蟹走りに走りだしたころのことだ
割れた甲羅に濡れた甘皮をかぶせられ
青の渚に産み捨てられたのだ
南の島々にも
渚の道々があり
満月の夜って海の底は新月ですからと
今も疾走してやまぬ蟹々の軍団がいるのだが
ご存知だろうか
軍団が

亡国の軍団であることを

3

わたくしどもは旧東亜の
旧一帯一路を旧東風に託したのであった
それで
父は
極寒の北支戦線に立ったのだ
だが、父は、排尿中に自尿が凍結し
それは湯気とともにみるみる氷柱と成ってゆき
支えきれず
不覚にも右手中指を突き指した
歴史に書かれていたとおりだ

曲がらなくなったこの指をどうしよう
北支の春はおそい
以来父の拳はファックユーの形に定まり
正しい敬礼ができない兵士になった
言い訳はできない
渚の道々は赤い油で濡れている

4

旧一級国道にかかる歩道橋の上は
夜でも空気の匂いがくさい
匂いの夜は動かない
歴史に書かれていたとおりだ
そんな運河沿いの街の子は

みなではないがたいていは　喘息だった
夜の果てまでものどの渋滞は動かない
こんな旧一級国道沿いの街の子は
みなではないがたいていは　アトピーだ
寝床で媚びるかゆい蛇
保湿された肌　甘皮がガーゼからはがれて
渚は
もう泥のビーチです
もう走れない蟹々泡々です
その横に
メタンのガス泡々坊主地獄
ボクボク
その中に
肩まで浸かった

鉄パイプ組織体
息子の盗まれた原付きだ
命懸けの二輪であった
骨だけになって
鉄パイプなのに黒い運河に浮いている
命懸けの兵士の骨は沈まない
歴史に書かれていたとおりだ
クラッチに濡れてからまる
三毛猫マーヤのヌードの肢体
信号灯の点滅を映して
中折れてゆく
やがて拳の形に定まる
それでも口びるはうっすらとあけて
そのなかに

青い舌まるまり
そこからもうすぐ満月の調べが流れ出す

5

〽なぜわたくしどもは
〽なぜわたくしどもはこんなにも薄汚れてゆくのだろう

6

夜の歩道橋の欄干に
赤錆びがダマになって滲み出てくる
あの中指が
この突き指が

水平に
ダマを
突く
赤い
赤い
アカ
ダマ
だ
マダ

月下に
白衣が
ひるがえる

傷痍軍人の褌だ
（フンドシ death ！）
夜空を飛行してゆく

その下に
わたしの運河がひかりの川になる
動き出す
歴史に書かれていたとおりだ

自注——傷痍軍人は、戦争で後遺症の残る傷痍を受け退役した軍人をいう一般的な用語。廃兵と称する時代もあった。

III

手のひら

胎内市乙（たいないし　きのと）

手のひらにそうものに
さわる

固くない何か

物体ではなく
液体でなく
気体でなく

固体でなく

人体ではなく
猫体ではなく
犬体ではなく

手のひらにそうものに
さわる

崩れない何か

家のなかになく
駅のなかになく
庭になく

立っているものではなく
すわっているものではなく
走っているものではなく

手のひらにそうものに
さわる

息をしている何か
流れている何か
震えている何か
あたたかい何か

手のひらにすくえるもの

手のひらに光るもの
手のひらに聞こえてくるもの
手のひらに見えてくるもの

手のひらにそうものに
さわる
さわられている
わたしの手のひら
わたしの手のひらに
いのちに

歩道橋の正午

新座野火止（にいざ　のびどめ）

I

晴れた昼の日
だれも使わない錆びた歩道橋を渡る
青空に高圧線が弧を描いて遠ざかってゆく
足もとを見下ろす
上下4車線どれも動かない
静かだ

2

今も排気ガスの匂いが好きだ
よどんだ昔の運河を思い出す
ぬめってゆく
黒い川の甘い匂いが好きだ
出口が
つまって
ゆるい顔のような水面は
どこまでも
頬までも
ひ練りだす
チューブ入り練りチョコレートみたいな

ぬるりとした運河だった
前のオリムピックのころのことだ
ＴＯＫＹＯ２０２１の今は
ＴＯＫＹＯ２０２０の旗がそのまま風に揺れている

3

時間は固い　流動のようにみえてじつは固い
固いから静かだ
歴史は不可逆の流れのようにみえて流れない
割れない
割れないものはよどむ
よどむものは甘い

甘いから　荒れて
すさんだ　今の
ギリシアが好きなのだ
アテネの壊れた交通信号が好きなのだ
信号の下で口論になっているのは　またしても
ゾルバとメロス

青空の底に時間はたまっていったのだ
今に固まる
足もとで
運河はうずめられた　まだ光っているのに
そのとき、音はしませんでした

上下4車線の交通が動かない

歴史は動かぬ因果のなかに埋葬されたのだ
無言でしたが、目は開いたままでした

4

ぬるりとしめったものが晴れた空の裏で動き出す
うごめくぬるりが好きだ
そこから時間が割れるから

5

目の前を
からすの落し物が白く光りながら落ちてゆく
どこまでも　歩道橋の真下　時間の中を

底の方から落ちるものが割れる音がした　白い！
色、即是空
またした　光る！
空、即是色

五輪五色ハ
赤ノ輪ト青ノ輪ヲ右ニ見カギレト　三色ガ残ル
黄ノ輪ト緑ノ輪ヲ左ニ見カギレト　一色ガ残ル
残ルは黒のΩ
Ωのなかをゆっくりとくぐりぬける
昔のギリシアの光が運河のように流れている
三色の信号は壊れている

6

ここが昔の真昼のアテネだ
渋滞たちが動き出す
ギヤをLに入れたバンパーの鼻が
ギヤをRに入れたバンパーの尻をこする
渋滞の川が悲鳴の川となる
羯諦羯諦（ギャテイギャテイ）　波羅羯諦（ハラギャテイ）　波羅僧羯諦（ハラソウギャテイ）　菩提薩婆訶（ボジソワカ）

もっとこすれば
川は身をくねらせて脱皮する
全裸があらわれる
運河だ

腹を押す
練りチョレートの甘い匂いが
黒い光にぬれて
空へ
カーブを切りながら
昇ってゆく
高圧線にかえってゆくのだ

空に舞い散る光るもの
あれはからすの群れ
高圧線をかすめるように
舞い上がってゆく
鉄塔の彼方で
はげしく啼き交わしはじめた

下界を尻目に
わめくように歌い交わす

往けるものよ　往けるものよ
彼岸に往けるものよ

真昼
歩道橋を渡ってゆく老いたる旅人よ
思い出せ
時間は割れるのだ
晴れた日
正午の光に打たれて
割れるのだ
息を殺すがいい　割れるから

般若（ハンニャ）　波羅蜜多（ハラミツタ）　時（ジ）

割れたのだ
時がやむ
無音の谺が割れた時の間を渡ってゆく

般　若
波　羅
蜜　多
　時

歩道橋の正午が
音楽の

午後となる

地上のどこかで双子が生まれたのだ
胎生だが二卵性だという
人の子の小指に似て
光のなかにねむる双生児であるという

自注――ゾルバは映画「その男ゾルバ」の主人公。ルビ付き熟語は「般若心経」より。地上のどこかは東京都台東区上野公園9丁目上野動物園内大熊猫舎1号室。

空を渡る

渋谷区神宮前（しぶやく　じんぐうまえ）

I

歩道橋にさしかかって
風の流れに手はほどかれた

手が
ひとりになってしまった
こころがかわいてしまう

階段の最後の段に
かわいた砂粒がゆれていた

かわいているので
踏んであげた
細い道があらわれた

靴底がゆれて
空が急速に縮みはじめる
頬を締め付けてくる

縮んだ空はひとりを抱き締めるだけなのか
細い道はひとりを連れ去るだけなのか

むこうの風のなかに
せりあがってくるのは
やはりふたり
もうばらばらになっている
あのばらばらと
すれ違うときがくる
こころの底がゆらぐ嫌なときがくる

ふたりのくせに
ひとりとひとりになって近づいてくるよ
ゆれながら
自分で自分の生唾を飲み込んでいるよ
すれ違いざま

ささやくよと　ささやくよ

細い道の真ん中で
ひとりはふたりとすれ違えない
ふたりはひとりとすれ違えない

空の下で
知っていた

わたしは
たったひとりになりたい

2

街の中空を
アベックが渡ってゆく
縦列になっている

街の中空は
片側一人通行で
両側一方通行で
アベックは
アベックのままではアベックとすれ違えない
おのずと縦列になる
おのずとは言い条
縦列の二人はアベックなのか
横列の二人が

アベックなのではなかったろうか

もう死語なのか
このクニで
死語に向かうコトバは疾い

死語になったら
黄泉のクニに降りてゆくのだろうか
降りてゆけば
黄泉の薬湯に湯をつかい
だれかの骨を洗っている先人たちが
微笑みかけてくれるものなのか

このクニで　アベックが

街の中空を
ほどかれながら降りてゆく
ほどける自分が
何語なのかわからぬまま
死語へ向かって段々を踏んでゆく

とは言い条
地面に降り立つ一人がいる
その横にふわりと降りた立つ一人がいる
中空の下は街路の殷賑
肩をならべて歩き出す　腰のあたりで
こちらに小さく手を振っている
avecがゆれていただけなのだ

夏の午前十時

上伊那木ノ下（かみいな　きのした）

いい天気だ
こんな日
僕は生まれ変わる
悲劇や神話はいらない

ひとりで歩きだすだけだ
見えるものを見るだけだ

木がすきだ
大きい木がすきだ

そういえば
児童公園にけやきの大木があった
あれを見にいこう

けやきはたいてい整枝されて
すらりとなる
でもあいつは
手つかずで
ずんぐりで
そのままで
大木なのだ

見にいこう
一本きりの木だけど
一本きりで
公園全体をすっぽり包む森なのだ

いこう
靴のかかとはこのままわざと踏んだままで
見にいこう

きたぞ　見にきたぞ

〔とけやきにかけ寄り　見あげる〕

おお、森全体がうなっている
セミだ
森全体がセミの声でうんうんうなっている

IV

梅雨が終わって

北鎌倉山ノ内（きたかまくら　やまのうち）

梅雨が終わって
とつぜん猛暑の夏が来て
驚いた

これでは庭に出られない
日射しが目に刺さる
それでも庭に出なくてはならない

いつか
この庭で
死を迎える予定だから

庭はいま草ぼうぼうだが
この熱波のなかにとびこみ
草いきれのなかに倒れこみ
それから
這うようにして地面に手を衝き
上体を起こし
そのうえで
ゆっくりその場にしゃがみ込む

無帽で草むしりをはじめる

全身汗みずくになる

そのまま強い日射しに打たれて
全身で
死を迎える

眼下で蚯蚓(みみず)が生きたまま干からびてゆく
わたしの死体だ
蟻が群がりどこかへ引きずってゆく

むかいの家の瓦屋根に陽炎が揺れていた
陽炎のなかにからすが揺れていた
ずっと黙っていたが
庭を見おろし

問うていたのだ

ここにことばのタネを埋めたのは
わたしだったか

蟻の爪

黒部不帰谷水晶岳（くろべ　かえらずのたに　すいしょうだけ）

ひだりのうしろ足が
いたいのか
かゆいのか
わからないのに
つややかに腫れてゆく

地面を深く蹴りすぎている
ギザギザのスネからギザギザのカカトまで

遠い空から力が掛かりすぎているのだ

つまさきが反り返って
もうまもなく爪が剥がれる

かたい稜線にヒタイを押し当てて
ひと粒の砂粒を押してゆく
触角は折れた電信柱になって
それを
逆V字に
揺らして
押してゆくのだ

ヒタイの真ん中にアザが刻印されてゆく

正V字に
いたいのか
かゆいのか
いいたまえ　だが
わからないまま
ふかく刻印されてゆく

いつから押し始めたのだったか
もう引かないのか
あの時からその時まで
地面を見つづけるのか

自分の息が自分の腹に吹きつけてくる
エナメル質の腹だ　三段くびれの腹だ

三段の各段を曇らせて
しずくとなる　汗ではない
他の体液と混じり　垂れる
地面を汚す
蟻の反吐である
砂場につめたくしめったしみである
そのしみから出てきた
全身黒エナメルのわたしだ

砂粒がうごく
地面がずれてスライドする

蟻の穴だ
暗い口を開けている

そっと覗きみる
底がない

わたしの生まれ育った底辺の街が見えない
身を乗り出す

暖かな風が吹き上げてくる
赤い黒爪のようなものが
風の中を
ゆらゆら
昇りながら
落ちてゆく

天の坂

安芸広島壬生有坂（あき　ひろしま　みぶ　ありさか）

夏休みに知る
稲の祈り
種の叫び
根の呻き
熱風吹く八月の坂道だった

光が垂直するので
君の影はどこにもなかった

自転車を盗まれた夏だった
水田に風の影がささやき渡り

ひるがえる
地面が
裏返る
地面の奥に汗が乾きながらにじんでゆく
君の影だった

盛夏土用の正午の刻を
君は斜行してゆく
君の背はどんどん低くなってゆく
垂直の下に君は埋もれていった

風の下が空の下になり
一面
水稲の田圃だが
稲の茎は首まで水に浸かり
咽喉にあふれ
水面は一枚の水鏡で
水鏡の奥は
水銀で
水銀の奥は
揺れる火だった

垂直を
失くした自転車がくだってくる
顔を真っ赤にして

稲の葉なのに刃物だ
わめいている
慟哭
葉のために
呻き
根のために
叫び
種のために

風が止む
稲の実が光る

夏

祈りは

熟れる
怒り

夕焼けのために

千葉美浜区終末処理場（ちば　みはまく　しゅうまつ　しょりじょう）

机を背負って歩いて行く男を見た
駅近ショッピングセンターの
午後遅くのことである

重そうだが肩からはみ出すほどではない
昔の文机なのかというと
椅子に座って机面に向かう机だ

長い脚が４本
歩くたびに背中でごつごつ上下している
まるでゴジラの背びれだが
机面を背骨にそわせ　仙骨まで
タテ長に背負っているわけだ

椅子はというと　首からぶら下げている
こちらも脚４本　短足だが
前方に突き出し揺らしている
机と椅子で男をサンドウィッチなのだ

どこへ運んで行くのだろう
古道具屋にでも売りに行くつもりなのか
引っ越しの手伝いなのか

まっすぐに歩いて行く

そのさきは運河にかかる橋である
そのさきは海だ
それにもうすぐ夕方だ

橋を渡った
運河沿いに海に入って行くつもりなのか
橋脚わきの段々から夕波のなかへ降りて行く
お、首まで波につかった　流されて行く
後頭部が波間に浮いたり沈んだり
小さな点になって沖へ
もう点が消えそう

おーい、
あ、
消えた。

サンドウィッチの中身が抜け落ちたのだ
そのまま机と椅子がセットで漂流して行く
潮のながれは速く　机と椅子は
はや水平線に到達の模様
もう水平線に引っかかりそう
お、引っかかった、むこうへ落ちそう

あ、
落ちた。
オーイ、

水平線からきれいな夕焼けが流れ出て来る
そのむこうから大きな夜があふれ出て来る
海をのみ込む夜が夜の底に沈んで行く
もう何も見えない
きれいだ

地名私注

Ⅰ

台東区上野桜木　武蔵野台地東端にして、ここより崖筋、谷中、鶯谷。東京都立上野高校近傍。

西宮苦楽園　小説「涼宮ハルヒ」シリーズのモデル地にして、兵庫県立西宮北高校の所在地。

沖縄首里　琉球古式空手道各派、首里手、泊手、那覇手、各保存の地にして沖縄県立開邦高校所在地。

日光華厳

明治中期、大日本帝国第一高等学校生徒、哲学青年藤村某、この地に人生不可解の言を遺し投身死。享年18歳。

II

千代田区千代田一番一号

十九世紀半ば以降二十一世紀現在にいたるわが国皇居所在地。日本国国籍所有者の本籍登録地として最大人気の地。

日暮里西日暮里

鉄路多重平行の地にして下御隠殿橋（しもごいんでんばし）は多重平行俯瞰の景勝地。

ドンバス聖母都市

ロシアによるウクライナ侵攻開始（2022年2月24日）より3週目、ウクライナ・ドネツク学区演劇劇場被爆。劇場は市民のシェルターになっていた。死者数推定、300乃至600。

淀川区加島一丁目

「雨月物語」作者上田秋成寓居跡近傍にして昭和平成時代の歌手森進一修業

時代の地。モスリン橋にて兵庫尼崎に接す。

Ⅲ

胎内市乙
新潟県胎内市真言宗乙宝寺（おっぽうじ）三重塔所在地にして、傘屋（からかさや）園芸農場近傍。

新座野火止
野火止用水の地にして臨済宗妙心寺派古刹平林寺の地。

渋谷区神宮前
明治神宮（１９２０年創建）対面の地にして、葛飾北斎「富岳三十六景」のうち「穏田の水車」のロケ地。

上伊那木ノ下
信州伊那芝宮御射宮司社（しばみやおしゃぐうじしゃ）旧址、現木ノ下北保育園の地。

北鎌倉山ノ内

黒部不帰谷水晶岳

安芸広島壬生有坂

千葉美浜区終末処理場

Ⅳ

小津安二郎監督『晩春』『麦秋』ロケ地にして小津邸旧址近傍。

水晶岳下山ルート黒部川左岸トロッコ列車鐘釣駅近傍の川原に自噴する温泉は天然無料露天風呂。

１９４５年8月6日朝、原子爆弾きのこ雲遠望の地にして田植え祭「壬生の花田植え」の里。

美浜ふれあい広場の地。広場は、海浜大規模汚水処理場上屋を人工地盤化し、野球場2面、サッカー場1面、ゲートボール場4面、芝生広場1面を展開する。

あとがき

この一年余に書いた作品をまとめることにしました。２０２１年4月から22年の10月まで1年半のことです。ほぼひと月に1篇を書いていたことになる。この詩作の日々に先立つ日、『地図と夢』という詩集を出しました。版元はおなじ七月堂です。そこに新作を収録しなかったわけではないのですが、大半は、若き日に書きためていたものを改訂したものでありました。そんなわけでこれを第1詩集といっていいのかどうかよくわからない感じでおりました。となると本冊も第2詩集といえるのかどうかわからない。わからなくてもいいことなのかもしれない。いずれにしても本冊は2冊目の詩集であります。収録したのはすべて新作です。というようなことをいうのは、1冊目を出せたから2冊目を書きたいと思うようになったのだといいたいわけです。この一年半の時間のなかに我が身に起きたことでありました。

本冊には現代詩としてはやや変則と見える作も収録しています。注がついている。この一年余の時間はじつに歴史の時間であった、その思いがつよくある。それはまだおさまっていない。そんな感慨がこみ上げて来る。変則もやむなしの気持ちがある。21世紀に歴史の曲がり角が来るとは思っていなかった。わが晩年に、歴史がカーブするとは予想していなかった。ウカツだった。疫病、戦争、暗殺、ニセ預言者……となると、次は火だ！　なのか。それとも今という時間が火の車なのでしょうか。鎮魂の所作をさがしもとめたい気持ちで一杯です。詩集全体のタイトルに集中の「鬼は来る」のそれをそのまま用いたについては、そんな鎮魂の所作に鋭角的なリズムを導入せんと願ってのことです。またいま、「次は火だ！」と記したについても、ほかならぬそんなつよいリズムとアイマッテ、火も鬼も二つながらに足下に封じ込めんと念じてのことであります。鬼が来たならつづけて福が来ないわけがない。福は来る。福はリズムを刻みながら来る。どこか聞きおぼえのある歌が聞こえて来る。

〽おにはそと　ふくはうち　ぱらっ　ぱらっ　ぱらっ　ぱらっ　まめのおと
〽はやくおはいりふくのかみ——

拙作のひとつひとつがそんなまめのおとたらんことを！　ぱらっ　ぱらっ　ぱらっ　ぱらっと鳴らんことを！

さて、このたびもGoogle Earth（グーグル・アース）にお世話になりました。前冊『地図と夢』のあとがきにも縷々書いたのですが、全球的に変調する球体が宇宙の暗闇の真ん中で血を吐いている。Google Earth冒頭ページにはその姿を見せていただいた。あの青い円盤、あれは地球なのか月なのか。みるみる変色していく。赤く黒い球体になっていく。その表面に凸凹皺が寄り、そのシワシワの奥にわたくしどもの古ぼけたウサギ小屋のようなすみかが見える。ウサギ小屋の奥のほうで、何か書きものをしている一羽の老ウサギがいる。何か書きものをするなどといって、いま歴史のカーブのことをいったが、しょせんそれは自分のことでした。Google Earthの画面をクリックしながら、地図上に自分のことをメモしているわけでした。もう餅つきもしなくなったが、しあわせであった。シワシワの外の変調を、イタミ、オソレ、フアンだと感じても、シワの内は、そしてその内で書きものをしたためていられたのはしあわせであった。本冊には初出掲載の場をあたえられた作もあり、「鎮魂歌2022」はその（一）が『現代詩手帖2022年3月号』に、（二）と（三）を加えたものが『立彩22号』に、「アゾフの空」は『午前22号』に、「鬼は来る」は『福間塾アンソロジー2022』に、「歩道橋の正午」は別タイトルで『同アンソロジー2021』に、「夕焼けのために」は『小峰小松7号』でした。各掲載誌関係者に感謝します。なお初出と本冊とで変更箇所のある作につき、ご寛容を請いたく存じます。

書肆七月堂編集部の知念明子さん、後藤聖子さんに感謝します。訳詩集『死者を救え』につぎ、みたび編集作業に取り組んでくださった。

2022年11月11日
満々たる望月が赤黒く蝕されてゆく宵闇から数えて3日目に

——著者識

本書をわが友福間健二の霊にささげます
2023年4月30日

——著者再識

鬼は来る
二〇二三年七月七日　発行

著者　千石英世
発行者　後藤聖子
発行所　七月堂
〒一五四－〇〇二一　東京都世田谷区豪徳寺一－二－七
電話　〇三－六八〇四－四七八八
FAX　〇三－六八〇四－四七八七
装幀・組版　川島雄太郎
印刷　タイヨー美術印刷
製本　あいずみ製本所

ISBN 978-4-87944-536-0 C0092